JN006047

血の歌

1

みなさん、聞いて下さい。

謎の歌手、森谷王子《もりやおうじ》は私の娘なのです。私の二番目の娘、美納子《みのこ》なのです。

そう言いたい衝動にしばしば駆られるが、中西正一はこらえる。何故か。謎は謎のままにしておくべきだからか。違う。そんなことじゃない。そんな高邁な美意識はどうだっていい。中西は、今の自分に父を名乗る資格がないという、淋しい想いを抱いているのだ。

森谷王子は今年になってにわかに脚光を浴びた。王子の歌う「ぼくの失敗」という歌が、テレビの金曜ドラマ「教師の恋」の主題歌に採用され、番組の高視聴率とともに、王子の歌も爆発的に売れはじめた。もうじき百万枚の大ヒットになる。

二月の初め、森谷王子のことがマスコミに取り沙汰され、かつてのレコードがCD化されて再発売された時、中西は美納子に電話をかけた。

「おめでとう。良かったね」

美納子の返事はにべもなかった。

「まだ、印税入ってないわよ」

中西は絶句した。

なぜこんな言葉を聞かなくてはならないのか。別に俺は金をくれと娘にせがんだわけでもないのに……と思ったが、自分の声にそれらしい賤《いや》しさがなかったかどうか。あわよくばという魂胆がなかったかどうか。自分の腹を探りだせば、本心は曇って見えなくなる。

実際、中西は金策に行きづまっていた。勘のいい美納子はいちはやくそれを察して、先手を打つように言葉を発したに違いない。そのあとの会話も冷えきったものだった。

「私、パパのこと嫌いよ」

電話の間中、美納子のどんな言葉もそう言っているような気がした。

2

夜、十時の時報が鳴る。ＣＭが終わると、ドラマの主題歌が流れはじめる。今か今かと中西は身震いとともに総毛立《そうけだ》つ。恐れている。いや、悦《よろこ》んでいる。あの声を待ち構えて肉体が興奮しきっている。

春のやわらかな日差し
君の愛情
抱かれていたぼくは
卑怯者

清らかで透明、だが痛々しい森谷王子の声。中西にとっては聞き慣れた、わが娘の声である。この声の中には、まぎれもなく俺の成分が混じり込んでいる。そんな思いが湧き上がると、中西は年齢《とし》にも似合わぬ若気の歌を、つい口ずさんでしまう。

「正さん、あなたこんな歌好きなの?」

何も知らない女が横から言う。

中西はかまわず、娘の声にあわせて恍惚として歌いつづける。今日は最終回だ。来週からはもう娘の声が聞けないのか。そう気づくと、中西はいまこの瞬間が急に惜しくなった。写真に撮っておこう。

あたふたと立ちあがり、旅行カバンをまさぐって小型カメラを取り出した。テレビの画面に森谷王子の名前が現れる瞬間を狙って、中西はシャッターを切る。娘の記念写真を残す父というよりも、片恋慕《かたれんぼ》する少年のようだ。

「正さん、あなた、何やってるの?」

女が怪訝《けげん》な顔で訊く。

「いや、フィルムが少し残っていたから。使い切ってしまおうと思って」

中西は何くわぬ顔で応えた。

「そう。それならいいけど。撮るんなら、レンズのキャップをはずさないと、写らないわよ」

そう言って、女はふっくらとした頬に笑いを浮かべた。

中西ははっとして、持っているカメラを見おろした。レンズには蓋《ふた》がかぶったままだった。

撮りそこなったか。

失敗だらけだ。俺の人生は失敗に継ぐ失敗じゃないか。中西は胸のうちでつぶやいた。

「どうしたの、がっかりしちゃって」

女は白い歯を見せて笑いかけた。

「正さん、こっちへいらっしゃい。寝かしつけてあげる。私、そろそろ帰らなくっちゃ。だからあなたがちゃんと眠りにつくまで、そばで見守ってるわ」

女の抱擁にさからえる中西ではない。無言でベッドに這《は》いあがり、女の右側に体をすべり込ませた。

女は右腕を中西の首の下に通した。柔らかい枕と女の腕に頭をのせて寝るのが中西は好きだ。女の方を向き、右手を右の乳房の上におく。すると鼻先が女の脇にうずもれる。息を吐くたびに、女の脇毛が鼻をくすぐってくれる。息を吸うたびに、女の脇の匂いが鼻孔を通っていく。この甘酸っぱい匂いが強ければ強いほど、中西は深い眠りに落ちることができるのだった。

堕落するだけのぼく
君は驚いたことだろう

テレビからは、森谷王子の歌が流れてくる。

わが娘の歌を子守唄に聞きながら、女の腕に抱かれ、赤子のように身をちぢめて、中西は眠りの底に沈んでいった——。

3

落ちていく。飛行機が落ちていく。堕《お》ちていく。

セピア色の空からこぼれ落ちたように、旋回しながら墜落する。操縦桿《そうじゅうかん》を握っているのは俺か。押せども引けども効果がない。プロペラは目の前でピタリと止まったままだ。

「助けてくれ！」

静止したプロペラのむこうに、畑が見える。畑が回転しながら近づいてくる。回転速度を上げた視界に、土の色がものすごい速さで迫ってくる。

俺を乗せた飛行機は真っ逆さま、大地へと垂直に突き刺さろうとする。

「南無三《なむさん》！」

――ここでいつも目が醒める。

墜落の夢は数えきれないほど見ているが、見るたびに怖気《おぞけ》を震《ふる》う。声をあげて飛び起きてしまう。背中も腰も首筋もびっしょりと濡れて、くりかえし胎内を通らされているみたいだ。着ている浴衣をそのままタオルがわりに、体にこすりつけて中西は汗をふいた。

ぐうっと太く息を吐いてあたりを見たが、巴《ともえ》はもういなかった。

鼻の孔と舌の先に、巴の脇の下の残り香がつんとある。それを舐めるように嗅ぎなおし、呼吸を整える。

中西はおもむろに窓際へ行き、札幌の深夜を眺めた。この札幌ヴィラホテルの七階の部屋の窓から見えるのは、なんの変哲もない日本の都会の夜の光景だった。そごうとか東急とか、東京ブランドの看板やネオンが目につくばかりだ。ここは本当に北海道なのか、と疑いたくなる。だが、目を下に落とすと、街は白い雪に覆われている。三月半ばになってもなお降り積もっているこの雪が、せめてもの北海道らしさか。

窓のすぐ下には駐車場がある。百台は駐《と》められそうな広さだ。ルーフやボンネットに雪をのせたままの乗用車が十四、五台、置き忘れられたように並んでいる。

中西はロングピースを咥《くわ》えて火を点けた。

大きく息を吸い込むと、窓ガラスにぼんやりと自分の顔がポッと赤く浮かびあがる。ホテルの浴衣をだらしなく身にまとった、六十半ばを過ぎた男の疲れきった顔だった。吐き出した煙は力なかった。

ふいに外気の冷たさが、窓ガラスを隔てているにもかかわらず、ぞくっと胸にきた。

中西ははだけた浴衣の襟《えり》を合わせると、音を立てて窓のカーテンを閉じた。自分の顔と駐車場の光景を同時に掻《か》き消すように。

森谷王子は私の子だ！

中西はふたたび心の中で叫ぶ。

そのことを自分自身に証明するように、森谷王子こと美納子誕生の日を想い出す。

「二人目の子は道がついているから、早目に生まれるものだ」

前々から助産婦《さんば》が言っていたとおりになった。

寒い夜だった。白い雪の煙を空にむかって吹き上げるような吹雪。風が電線に引き裂かれて、虎落笛《もがりぶえ》を鳴らしていた。

中西が家に帰ってみると、異様な雰囲気がたちこめている。

「和子、どうかしたのか?」

妹に声をかけた。

「あっ、兄さん。……生まれちゃったのよ」

和子は蒼白な顔をして、自分の両手を見せた。血に濡れて真っ赤だった。

「生まれた?　助産婦《さんば》さんは?」

「まだ来ないの。陣痛が起きてすぐ、礼ちゃんが迎えに行ったんだけど」

「この吹雪だからな。で、赤ん坊は生きているのか」

「生きてると思うわ」

心細い答えであった。

妻の房子の開かれた足もとに、ひとかかえの脱脂綿が山盛りにされ、かまくらのようなものを形づくっていた。この中に赤ん坊がいるのか。

「凍え死んじゃうと思って。風よけよ」

この家には炬燵《こたつ》以外に暖をとるものはなかった。窓は叩きつけられた雪で真っ白だ。目張《めば》りをしてはいるが、風は遠慮なく吹き込んでくる。

和子は脱脂綿の袋を五つも六つも引きちぎって「かまくら」を作ったのだと言う。

「動いてる、動いてる、まだ生きてる。動いてる、動いてる」

その言葉だけを念仏のように唱える妹のそばにしゃがみ込んで、中西もかまくらの中をのぞいた。

血まみれになって蠢《うご》めく肉の塊が血の中にころがっていた。釣り上げられた魚のように、ぱくぱくと口を開け閉じしていた。

弱々しい泣き声だった。

お湯は沸かしてあるが、素人が洗うわけにはいかない。臍《へそ》の緒も切ってはいけない。

中西と和子はおろおろと、助産婦が来るのをただ待った。

弟の礼三に手を引っ張られるようにして駈け込んできた助産婦が、すべてを無事に済ませたのはそれから二十分ほどあとのことだった。

「ああ良かった。死なないでくれて」

和子の顔にやっと赤味がもどって来た。

「男、女、どっちなんだ」

中西はそれが知りたかった。

「女の子ね」

「女か。今度こそ男だと思っていたのに」

「とにかく、兄さんおめでとう。名前はなんてつけるの?」

「巳年《みどし》に生まれたんだから、みの、でいいんじゃないか」

「みの？　それじゃあまりに素っ気ないわ」

「じゃ、みのこ、だ」

「みのこ？　どんな字にするの？」

「お前たちにまかせるよ」

落胆した中西は、「みのこ」を振り返りもせず、出産という難事を為しとげた房子にねぎらいの言葉をかけることさえせずに、玄関へと向かった。

「ちょっと兄さん、どこへ行くの」

「麻雀の途中なんだ」

中西はひどく曖昧に告げて、また出かけた。

行き先は決まっていた。愛人の家だ。中西は肩パットの入った赤と黒のチェックのオーバーの襟を立てて、出産劇を難儀させた吹雪をものともせずに、急ぎ歩いた。

「もどって来てくれたのね」

女が満面に笑みをうかべて男を迎え入れる。

そして中西は、子供が生まれたことなどおくびにも出さず、寒い夜を柔肌の温もりにつつまれて眠るのだった。

美納子はこうして誕生した。
昭和二十八年一月十五日夜九時。極寒の青森市であった。
この子が二十歳を過ぎ、突然、森谷王子となって、自作の歌を歌い始めたのだ。たどたどしいが神秘的な詩。風に吹かれてどこからかやって来たようなメロディ。暗く悲しい、聞く者を涙の沼にひきずり込むような歌声は、数少ないが根強いファンの心を摑《つか》んだ。

語り明かそうと思ったけど
けっきょく静けさを見つめた
小さな電気ストーブ
やけに赤く瞳に映る

絶対に素顔を見せまいとする意志をしめす真っ黒なサングラスに、雌獅子《めじし》のようなカーリーヘアー。黒眼鏡に隠しきれない鼻や口もとは中西にそっくりだったが、あのような心象風景をもつ森谷王子という歌手が、わが娘美納子とは思えなかった。その姿かたちは、どことなく『ねじ式』の人造人間を思わせた。

4

八年間歌って、森谷王子はぷっつりと姿を消した。

以来十年間、なんの音沙汰もなかった森谷王子の歌は、生身の本人を抜きとって、歌だけがまるで亡霊の声がよみがえるように、生き返ったのだ。

この不思議な現象は、森谷王子伝説をさらに神話化し、CDの売れゆきにますます拍車をかけている。

「森谷王子とは何者か?」

「森谷王子をさがせ!」

「森谷王子の正体は?」

本名は不明。年齢も不詳。わかっているのは女性ということだけ。いくらマスコミが騒いでも、彼女は姿を明かさない。それがまた森谷王子の森谷王子たるゆえんなのだろう。ファンは焦《こが》れて焦れて、ますます熱狂的なファンになっていく。謎が謎を呼び、さらに存在の謎が深まっていく。

謎の答えを中西は知っている。しかし中西は、自分の愛人の巴にさえ答えを明かさない。それは森谷王子の神秘性を守るためではない。まして巴の心情を慮《おもんぱか》ってのことでもない。実に自分のため、色も味気もない金勘定のためだった。

中西は巴から金を借りようとしていた。それがこの北海道旅行の目的なのだ。父娘の事実を知ったら、巴は白けてしまうに違いない。

「私のお金なんか当てにしないで、自分の娘から借りたらいいじゃないの。娘さん、二度も売れっ子になったんだから」

やさしい巴も、さすがに怒るだろう。

そうなっては困る。どうしても一千万円が必要なのだ。もうひと勝負するために。

巴の実家は「三島亭」という札幌では名の通った日本料理店をやっている。巴は中西のために、親から金を都合してもらう算段をつけてくれることになっていた。

親の手前、巴は夜は実家に帰って寝なくてはならない。話が上手く進行するのを期待しながら、中西はホテルの部屋で一人ベッドに横たわった。ホテルが嫌がる寝タバコをしながら、ひとりごちる。……どう考えても、金策に奔走している俺に、森谷王子は自分の子だと言う資格など、ない。

明日は墓地へ行こう。小樽市長橋《ながはし》にある両親の墓地へ。今さらながら子との紐帯の薄さを痛感して、自分の親に会いたくなったのかもしれない。

中西はタバコをもみ消し、布団をかぶった。

5

操縦席に坐り、縛帯《はくたい》を装着し、エンジンを始動させると、中西は計器類の点検に入った。

高度計の作動が鈍い。

「教官殿、高度計に異常があります」

伝声管を通して、中西は機上から教官に伝えた。

「飛行機を変えてください」

「何、飛行機を変えてくれだと？」

教官の怒声が返ってきた。

「頭上に敵機が来襲している時にそんな悠長なことを言ってられると思うか。つべこべ言わずに黙って飛べ！」

出発を促《うな》がす白旗が上がった。

不安を宿したまま、中西は仕方なく右手を振って出発の合図を送った。はるか前方の林の一点を目標に飛行機を滑走させ、エンジン全開のレバーを左手で押し、右手で操縦桿を前に押してやる。飛行機はやや浮きあがり、脚がポンポンと地上を蹴るような状態になる。そこでもう一度、ぐいっと操縦桿を前に押しつけてやると、飛行機は増速し、ふわりと浮揚するのだ。ここまではいつもの通りだった。

だが、故障を抱えた飛行機が墜落するのではないかと思いながら空をのぼっていく儚《はかな》さは何にも譬《たと》えようがない。生と死の境を行き来する恍惚が一瞬、全身をよぎった。

高度百五十メートルまで上昇し、第一旋回に入ろうとした途端、プルーンプルルル、プルーンプルルルという聞きなれない音が鳴りはじめた。見ると、プロペラは空回りをしているらしく、その回転に妙な強弱がついている。

「異常発生だ！」

異常発生時における準則《じゅんそく》という空中勤務者の心得を、動転しつつも中西は頭に浮かべた。

異常を感じた場所から直進降下すること。

旋回ないし方向転換をしてはならないこと。

飛行機を一個のグライダーに変えること。

下を見る。状況偵察だ。

下は薯畑《いもばたけ》らしい。農夫たちがのんびりと働いている。

この赤トンボをだましだまし引っ張って、地上へ着けなくてはならない。地上に着いたらしめたものだ。が、上手く行くかどうか。

中西は、薯畑への軟着陸をめざした。

エンジンの重さで機首が下を向く。それを懸命に上向きに保たせながら、飛行機を降下させていった。

空中勤務者としての意識は鮮明だったが、心と体は恐怖で硬直していた。

薯畑の緑の葉が見る見る近づいてくる。ポッンポッンと散在する萱葺屋根《かやぶきやね》の農家がぐんぐん大きくなる。

炎上を避けるためにプロペラは止めた。

着陸した時、一瞬でも速く飛び出せるように、縛帯をはずした。

飛行機の脚が地面に着いて、機体が激しく上下した。

開墾された薯畑のでこぼこした土の上をカラン、カランと、三十メートルほど走ったかと思うと、飛行機は前へつんのめって逆立った。

中西の体は勢いよく外へ放り投げられた。

落ちたところはやわらかい土の上だ。柔道の受け身を知っていた中西はほとんど痛みを感じなかった。

「助かった！」

ふり返った瞬間、ボワーンと爆発音がして火柱が立った。

九五式練習機、通称赤トンボはプロペラ一個、翼二枚、胴体は樺色《かばいろ》のテントで出来ている軽便なものだが、それでも一人前の音をたてて燃えていた。

忘れもしない昭和十九年九月十四日、午後一時十三分、宇都宮陸軍飛行学校での出来事であった。雲一つなく晴れわたった初秋の空は粉をふいたように白っぽく霞《かす》んでいた。全く風のない日だった。

その日から十日間、中西は校内の一室に軟禁され、朝から晩まで、軍人勅諭を毛筆で筆写させられた。天皇陛下から賜った大切な飛行機を墜落炎上させ、あろうことか、自分だけは傷一つ負わなかったという罪科によってである。

一、軍人は忠節を尽《つく》すを本分とすべし
一、軍人は礼儀を正しくすべし
一、軍人は武勇を尊ぶべし
一、軍人は信義を重んずべし
一、軍人は質素を旨とすべし

五カ条の文章がずらずらと続く。朝の九時から夕方の五時まで、冒頭から終わりまで、一字一字丁寧にゆっくりと書き写すことだけが日課、ほかのことは何一つやれない。

息子の事故の報《しら》せをうけて、父が満洲から急遽、飛行機に乗って駈けつけてくれたが、面会が許されなかった。

肩を落として力なく、正門へと引き返してゆく父のうしろ姿が、部屋の窓から見えた。

「お父さん！」

中西は喉の奥で声を鳴らした。

軍帽をかぶり、将校服に似た協和服をぴったりと身につけ、黒革の長靴《ちょうか》をはいた、大きな体の父が歩みを進めるたびに土埃《つちぼこり》があがった。乾いた日だった。父のうしろ姿は陽炎《かげろう》の中に揺れながら消えていった。あの時、父まで届く声を中西が発することは禁じられていた。父の背中を追うことも。

あの日以来、中西の人生は墜落の連続だった気がする。一日として水平飛行をしたことがない。飛びたっては落ち、舞い上がろうとしては墜ちのくりかえしだ。

6

墓石が父の立ち姿のように思えた。この下に父と母が眠っている。目の前の墓石に水をかけながら、中西の手はしきりと震えた。足もとは根雪だ。寒い。厚手のコートを着て、手袋もはめているが、たまらなく寒い。だが、手が震えるのは寒さのせいだけでないことは中西自身が一番知っている。

この長橋の丘の上にある墓地からはるか東方を望むと、小樽港が見える。左に雪をかぶった手宮の岬。細い線を横に一本引いたような小樽港。小さな船が三隻。大きな貨物船の影はない。海と空は灰色に溶けあっている。

右手のすぐ手前に背の高いパーキングタワーがあり、景観を大きく損ねている。この駐車場が、中西には目障りだった。

「愚息が国の大切な飛行機を墜落炎上させたことは天皇陛下に申し訳がたたぬ」

事故のあと、中西の父は早々に、戦闘機隼《はやぶさ》を一機、国に献上した。

父は、終戦の年、昭和二十年十二月、満洲ハルピンで栄養失調のため、あえなく死んでしまった。四十七歳の男ざかりであった。

昭和七年に小樽から満洲牡丹江に渡った。満洲は中国人の土地に日本がつくり上げた傀儡国家だった。父はそこで酒造業を営み、わずか十三年の間に、国に飛行機を献上するまでに成功したのだ。

このままでは親父に合わせる顔がない。正一、お前はなにをやっているのだ、墜落炎上するしか能がないのか、と親父にどやしつけられるだろう。想えば、あの陽炎の中で見たうしろ姿が、父を見た最後となってしまった。

「兄さん、あなたがあの墜落の時に死んでいたら最高だったろうね。素晴らしい兄として、妹と弟の記憶に残ったと思うよ」

最近になって、こんな残酷な台詞《セリフ》を弟の礼三は、平気な声音で言う。まるで、早く死ねとばかりに。

が、その言葉にも一理はあると中西は思う。

「たしかに、あの日までの俺は最高だった」

墓地からの雪道を下りながら、中西は青春時代に想いを馳せる。

「ラ・クンパルシータ」が耳に聞こえてくる。自分のアコーデオンがきざむ、歯切れのいいタンゴのリズム。中西の青春は甘きタンゴの時代であった。

東京のR大学の予科に進学している中西が夏休みに牡丹江の家へ帰ると、「正一様のお帰りだ」「お坊ちゃまのお帰りだ」と、家中大騒ぎになった。

中西は学生の分際でありながら、飛行機で帰郷する。これがまたみんなの羨望《せんぼう》の的だ。

「死ぬまでに一度は乗ってみたいもんだ」

「あっという間に、海を越えてしまうんでしょうね」

話題の中心は常に中西であり、中西は面白おかしく内地の話を聞かせてやる。

酒造工場で働いている者たちやその家族たちが中西の家にわんさと集まってく

る。正一様のアコーデオン演奏を聞くためにだ。

大広間を二つぶち抜いた畳の上に五十人くらいの人間が座り込み、拍手を鳴らすと、アコーデオンをかかえた中西が現われ、床の間の前にしつらえられた椅子に腰をおろす。中西だけが電燈の光に映える。

スポットライトに臆することなく、中西はおもむろにアコーデオンを弾き始める。「ラ・クンパルシータ」「夢のタンゴ」「夜明け」……。

工場で働くものたちは、中西の奏でる音楽に東京の匂いをかぎ、現在の世界を感じ、新しい時代の到来をかいま見て、涙を流さんばかりに喜ぶのだった。そして、拍手喝采の嵐。

中西は得意満面である。高価なアコーデオンの貝殻の飾りが虹色に輝いた。

そのうち、母が三味線を持って飛び入りしてくる。三味線とアコーデオンの合奏となり、「急げ幌馬車」「並木の雨」「米山さんから雲が出た」など、二人は乞われるままに合奏し、最後は「国境の町」を全員で、涙にむせびながら大合唱したものだった。

この頃に撮った写真を中西は今でも持っている。R大学予科の丸帽をあみだにかぶり、学生服の前を開いて白いワイシャツを見せ、真昼の太陽を顔にうけて、まぶしげに、何の屈託もなく笑っている。ベルトには百合のマークに白十字のR大学のバックルがくっきりと刻まれている。いい笑顔だ。あの頃の自分を象徴する顔だと中西は思う。

東京へ戻れば、連夜のダンスホール通い。タンゴであれジルバであれ、ダンスは中西の得意中の得意だった。女と戯れ、スマートに別れ、遊び上手をもって認じていた。

麻雀、撞球《たまつき》、男同士の遊びも人後に落ちない。また、よく本を読み、映画館にも通った。中西の青春は華やかな映画の時代でもあった。

ゲーリー・クーパーとマレーネ・ディートリッヒの『モロッコ』、シャルル・ボワイエとジーン・アーサーの『歴史は夜作られる』、ジュリアン・デュヴィヴィエ監督の『舞踏会の手帖』……。数えあげたらきりがない。中でも、『モロッコ』のラスト近く、ゲーリー・クーパーが大きな鏡の上に口紅で「I changed my mind（俺は気が変わった）」と書くシーンには心底しびれた。この言葉を中西はその後、女との別れの時に使った。

日本映画も台頭期であった。

大河内傳次郎の『大菩薩峠』、内田吐夢監督の『人生劇場』、上原謙と田中絹代の『愛染かつら』……これも枚挙にいとまがない。映画好きな仲間と口角泡をとばし、夜の明けるのも忘れて語りあった。

若い中西は、映画監督になろうと将来の夢を描いた。

その想いは日に日に高まり、中西は仲間と連れだって、大船の松竹撮影所まで行き、吉村公三郎監督に会ってもらったこともある。撮影所は足の浮き立つほどに華やいでいた。あちらこちらに時代劇のセットが建てられていて、その前を大部屋の女優たちが通る。本物の阪東妻三郎が浪人姿で歩いてくる。中西の映画への情熱はついに、R大学に映画研究会をつくるまで昂じていった。

だが時代の雰囲気に呑まれるように、夢は流れていった。映画への憧れから、現実の戦場へ。中西は予科二年の年に志願して陸軍特別操縦見習士官、すなわち特操になった。十九歳の時であった。

まず、六十日間のグライダーの教習を受ける。それが終わると、後部操縦席に教官を乗せての練習機による空中飛行訓練に入る。それを飛行時間八時間ぐらいで通過してから、いよいよ単独飛行となる。

単独飛行は場周《じょうしゅう》離着陸訓練と称して、一回約十五分、飛ぶ。それを五十回やって終了となるのだが、いよいよ最終回という場面で、中西は墜落した。

あの墜落の衝撃で、中西の何かが壊れた。それは、もって生まれたはずの幸運だったのか、平安だったのか、栄光だったか。バラ色に光輝くものを中西は飛行機の中で破壊された。それは赤トンボとともに燃えあがり、煙となって空に消えた。そして、その日から中西は、不運と屈辱を背負《しょ》い込んだのだ。

中西は声をあげて笑うことを忘れた。いつも背後に禍《わざわ》いの影がつきまとっているような気がしてならない。中西の姿を見た者は、中西の背中をなるべく見ないようにしていた。力を漲《みなぎ》らせた胸板と、影を落とした背中と、あまりにも引き裂かれた印象をあたえたからだ。

7

　中西は両親の墓を後にして、小樽市豊川町八間通りにある一軒の家の前に立った。昔の面影もなく古ぼけているが、間口も奥行きもまったくそのままだ。この家で中西は生まれ、七歳まで暮らし、そして、父母とともに満洲へ渡った。だが、戦後、中西は博打のような事業に乗り出し、あえなく失敗したことによって、この家を人手に渡してしまった。母と妹や弟たちの住む家を失くしてしまったのだ。

　そもそも、あれが中西の最初の失敗であった。その最初の失敗がさらなる失敗を生んだ。父に対する憧憬と劣等感《コンプレックス》は、毎朝太陽が東の空に昇るたびに中西の前に立ちはだかる。父の影が中西を覆って、それが中西を焦燥《あせ》らせる。焦燥りは中西から思慮分別を奪う。

自分には父と同じ血が流れている。だから金儲けは上手いはずだと中西は確信している。それが単なる錯覚に過ぎないことに気がつかない。血脈と才能とは別の問題であることを知ろうとしない。

中西には甘やかされて育った人間特有の怠慢と独善がある。ちょっと触られると即座に反応する自尊心がある。ほとんど病的と言ってもよかった。中西の精神はまったく商売向きではなかった。

中西の胸の奥にはぬきさしがたい誇りがある。それは、実際に戦闘機に乗って、命を的に戦ってきたという矜持《きょうじ》だった。しかもその誇りは、敗れゆく戦争によって、深傷《ふかで》を負ってもいた。その傷を塞いだ瘡蓋《かさぶた》はいつ剥がれるかわからない。中西に触れる人は、虚勢という名の瘡蓋に気づいて痛々しさをおぼえるのだが、中西は自分の傷も瘡蓋も、深くは自覚していない。

宇都宮陸軍飛行学校の第三期生を卒業した中西は、下関に近い小月《おづき》の第四戦隊に配属され、そこで、十日間の訓練をうけ、すぐに実戦部隊にまわされた。

中西が乗ったのはキの四五という真っ黒に塗られた双発の夜間戦闘機で、出撃するのは常に夜明け前の三時か四時であった。

中西は、一点のシミもない下着をつけ、いつ死んでもいい覚悟で戦闘機に乗った。二人一組でチームを組む。中西が操縦席に着き、後部席には通信員として、まだ頬の紅い十六、七歳の少年飛行兵が乗る。

小月を発ち、壱岐《いき》の島を下に見ながら、玄界灘の上を北西に進んでいく。小月、佐世保、佐賀、芦屋、四つの基地から飛びたった各四十機の夜間戦闘機が予定の緯度経度に集結する。

そこで待機していると、やがて、白々と明けそめた空のかなたに、黒い点がポツリポツリと見えてくる。

……来た！

済州島からまわって日本へむかってくるアメリカ軍Ｂ29の大編隊だ。百五十機はいる。

味方戦闘機の数は百六十機。敵機の近づくのを確認すると、一斉に高度七千メートルまで上昇する。そこから眼下を通過しようとするB29の群にむかって波状攻撃をかけるのだ。

プロペラ四発を持つ銀色の空のライオン、そのB29の大編隊が轟音《ごうおん》をとどろかせてこちらにむかって迫ってくる時の恐怖は小便を洩らすくらいだ。逃げ出したいが、この場から逃げ出すことはできない。

B29の高度は約四千メートル。日本軍機の存在に気づいていながらも、歯牙にもかけぬ風情で、一条も編隊を乱すことなく、百五十機の大編隊は日本の上空めざして進んでいく。

そこで中西たちの突撃となる。

夜間飛行機隊の役目は、このB29の大編隊と戦闘を交えることではない。彼らを玄界灘の上空で阻止して、東シナ海の方へ追いやるのが主目的であった。が、目的を達するためには、やはり戦わねばならない。

眼下の敵にむかって、突っ込みの決断の時、中西は後部の少年に「行くぞ！」

と、腹からふりしぼって声をかける。死地への道行に少年を巻き添えにするのである。返ってくる少年兵の声は、叫びとも唸《うな》りともつかない「ウウウウウゥッー」という、黒い色の悲鳴であった。

「勇気に翼を与える恐怖」という題名の絵をジャン・コクトーが描いているが、中西たちは一の勇気を九の恐怖で無理矢理に煽りたてて、突き進んでいった。そのたびに、これで死ぬのだ、と中西は観念していた。

「突っ込み！」

突っ込みと称する、日本軍機の突撃が始まる。

目を見開き、喚《わめ》きちらしながら、中西たちはB29めがけて降下してゆく。

B29一機には十七挺《ちょう》の機関銃、機関砲がついている。こちらの戦闘機にはたったの三挺だ。まともに戦える相手ではない。ひたすら弾丸を撃ちつづける。撃ちながら降下し、逃げながら上昇する。これを何度もくりかえす。狂気の沙汰としか言いようがない。

味方の戦闘機が火だるまになって墜ちていくのを見ることの戦慄。次はわが身だ。日本軍機の中には、B29に体当りしていくものもあった。敵の弾丸をよけながら、とにかく弾丸を撃ち切ってしまう。自分の撃った弾丸が敵機に命中したかどうか、確認する暇もない。

B29の大編隊が東シナ海の方へ逃げていくのが、大体、朝の六時。その頃には一発も弾丸は残っていない。身心ともに憔悴しきって小月へ帰る。自分の命の鴻《こう》毛《もう》の如き軽さをしみじみと感じながら。

この戦いを中西は終戦までくりかえした。常軌を逸した自殺行為を五十回やって、五十回死にそこなったことになる。

戦後復員して、瓦礫《がれき》の山の東京を眺めた時、それはそのまま中西の心象風景であった。中西の内面は音をたてて灰燼《かいじん》と化したのだ。

父も死んだ。継ぐべき莫大な財産も消えた。そして、中西の精神の中で、天命という意識が失われた。

まるで屋台崩しや廻り舞台のように場面が一変した。そこに中西は素っ裸で寒々しく立っていた。

　中西はR大学の本科に復学し、「友と語らん、すずかけの径《みち》」と歌に歌われた、黒い鈴のような実の成るすずかけの並木径を学生気分で通ったが、青春の足音はもはや帰って来なかった。

8

「私も小樽へ行きたかったなあ」

ヴィラホテルのバーで巴がぽつりと言う。

「あの街は変わらないね。坂ばかり多くて。まったく取り残された街さ」

中西はタバコの煙で輪をつくった。なんとも古くさい気障《きざ》なポーズだと思わないわけではなかったが、若い時分に身についた癖は抜けない。タバコを吸う合間の唇が、タンゴのリズムを口ずさんだりする。

女と一緒にいる時、中西は自分の年齢《とし》を忘れる。中西の胸に青春が帰ってくる。自分が天命を持った「価値ある男」であった学生の頃が。何不自由なく遊び暮らし、誰からももてはやされて過ごした若き日の甘い思い出が胸に突き上げてくる。あの時代、あの戦争の時代には、俺は必要とされていた。

巴はにっこりと温もった眼で笑いかけた。

むかしはみんなが、こういう眼で俺を見てくれたものだ。それがどうしたわけだ。俺の人生に失敗というものが忍び込んでからというもの、周囲はみんな、通夜の客の眼だ。憐憫《れんびん》とよそよそしさの入り混じった青白い光を放ち、少しでも早くこの場を立ち去りたいと訴える眼だ。

敗戦の日から今日まで、中西は、通夜の客の眼にさらされて生きてきた。

この眼から逃がれるために、中西は女を求めてさまよう。

もしあの戦争がなかったら――、もしあの戦争に勝っていたら――、もし父が生きていてくれたら――、中西は全く別の人生を生きていただろう。いや、中西にとっては、実現しなかったもう一つの人生が本来自分が生きるべきもので、いま生きているこの人生の方が幻としか思えない。

俺が、こんな現実に、ふさわしいわけがない。通夜の客の眼にとりかこまれる現実なんて、解《げ》せるわけがない。

逃げて、逃げて、逃げて、女の眼のもとに逃げこむ。女の眼差しは、中西にわかりやすく体温をあたえてくれる。輝かしい青春時代の、みんなが俺の眩しさに歓喜していたあの頃を、取り戻させてくれる。

青春だ、青春だ、青春にしか俺の住処はない。どれだけ年齢《とし》をとっても、青春に突っ込んでいくしかない。突っ込んでいかなければ、生きている心地がしない。たとえ幻であっても、その幻想の中にしか、自分がいない。通夜の客の眼にとりかこまれて、凍てつく心をもてあましている男、そんな奴が、自分であるはずがない。

中西にとって女はロマンスではない。飽くことなき青春への回帰運動にほかならないのだ。

「ねえ、何か弾いて」

巴がピアノを眼でしゃくった。

バーには他に客がいなかった。

中西はピアノに向かって、タンゴを弾き始めた。「ラ・クンパルシータ」。

ピアノを習ったことはなかったが、アコーデオンが弾けるから右手の指は自在に動く。左手の指は、アコーデオンのボタンを押すような具合にはいかないが、勘に頼って、トニック、ドミナント、サブドミナントの三つの和音を叩き出せばなんとかなる。中西のピアノはそう上手くはないが、味わい深い響きに聞けなくもない。

そもそも中西は、この少し調子外れのピアノで巴の心を摑んだのだった。

十四年前の秋、新橋駅の土橋口で人と待ち合わせをしていた中西の前に、独特の存在感をたたえた女が現われた。……いい女だ。思わず息をのみ、中西は女の後を尾《つ》けはじめた。

まだ若いが洋服の趣味もいい。水商売に独特の開き直った雰囲気が女のまわりに立ちこめていた。

銀座六丁目、並木通りのビルの五階にあるクラブ「門」に女は入っていった。中西も続けて入った。よく知られた高級クラブである。

「いま俺の前に入ってきた娘《こ》を呼んでくれ」

ボーイにそれだけ言って、中西はガランとした開店したばかりの店の奥の方に座った。

「私ですかあ？」

「ああ。新橋駅から、ずっと後を尾けて来たんだ。名前、なんて言うの？」

「巴《ともえ》」

「道産ん子だね、君は」

「わかりますかあ？」

中西はすぐにわかった。北海道の言葉は後尾にやわらかい粘りがある。

「銀座はここが初めて？」

「いえ、二軒目です」

東京へ出てきて、一度か二度、恋愛で傷ついたことがあるような翳りが黒眼がちの大きな瞳に漂っていた。

中西は、待ち合わせの相手を忘れたわけではないが、もうどうでもよくなっていた。

……巴、か。

それからというもの、毎晩の「門」通いだ。夕食は巴ととり、そのまま同伴出勤した。クリスマスのパーティ券は巴のノルマをすべて、中西が買った。

色にはなまじ連れは邪魔とばかり、酒の飲めない中西は、一人で「門」に向かい、オレンジジュースを舐めている。そのまま閉店まで居座ってしまう夜もある。

そんな夜をいくつも重ねて、中西は、箱根のプラザホテルで巴と一緒に正月を過ごすところまでこぎつけた。

正月のプラザホテル。夕食をすませたあと、中西は廊下に置かれたピアノの前で立ち止まり、ごく自然に指を動かした。当然、弾いたのはタンゴだ。中西のどこか覚束ない指づかいから、妖しい歴史を含み込んだメロディが奏でられた。

「なんかロマンチックな気分になっちゃった」

巴がうっとりとした眼で中西に見惚れていた。

以来十四年間、中西は巴に対して見栄を張り通し、嘘をつき通してきたのだ。それなのになぜ、金を貸してくれなどと言ってしまったのだろう。もし、このことで巴との間に気まずいものが生じたら、きっと巴も、通夜の客の眼に変わってしまうに違いない。

いよいよ俺も断末魔か。

「正さん、お部屋へ帰りましょうよ」

中西は、「ラ・クンパルシータ」を弾くのをふいに止めた。そうか、そうだな。ここは箱根じゃない。俺はもう女を虜にした男じゃない。俺はいま、女から金を引っ張りに北海道まで来た男にすぎないのか。

「正さん、私からお金を借りること、後悔してるんでしょう?」

巴の声には、中西の嫌いな憐憫の色があった。

「ああ、お前にだけは見栄を張り通していたかった」

「水くさいのね」

「人の仲は、水くさいうちが華だと思うよ」

エレベーターが七階で停まった。

「あまり時間ないけど、寝かしつけていってあげる」

巴は、自分がわずかに、通夜の客の眼をしたことに気づいていない。部屋に入るなり、巴は服を脱ぎ始めた。女ざかりの艶《つや》やかさは、出会った頃よりも、むしろいまが真っ盛りかもしれない。

やわらかくて量感のある巴の体の上に自分を乗せた瞬間、得も言われぬ安心感があった。空中にふわっと浮いた感じが、現実の人生から中西を離陸させる。青春へ、青春へ。

この一瞬のためなら、全財産を失ってもいい。全世界を敵にまわしてもいい。裸の背中と尻を全宇宙に向けて敵対させながら、中西は巴を失いたくないと力を込めた。

中西はまだ気づかないふりをする。離陸は、青春への回帰であるとともに、墜落の予兆であることに。

寒い日だ。気温は一度あるかないか。小樽と札幌を往復したせいか、中西は疲れていた。

眠りに落ちていく。巴に腕まくらをしてもらって、脇毛が中西の鼻をくすぐる。この匂いがたまらないのだ。墜落するように眠りに入る中西は、その間際まで脇の匂いを嗅いでいる。

9

飯倉のイタリア料理店「バロッコ」のドアを開けると、店内の喧騒が中西を迎えてくれた。

店の奥の方で手をあげて、ここだ、ここだと告げているのは弟の礼三だ。彼のまわりには数人の男女が、何が楽しいのかにやにや笑っている。

「なんの用だい？　急に呼びだしたりして」

中西は椅子に座ろうともしなかった。

「まあ、座ってよ兄さん。大事な話があるんだから。こちらお貞《てい》さん、知ってるよね？」

「ああ、なんども会ってるよ」

お貞さんと呼ばれた丸顔の女性は、新人発掘を得意とする、レコード界きっての女性プロデューサーである。このお貞さんが、弟の礼三に初めて歌謡曲を書かせた。いわば、作詩家なかにし礼の生みの親である。だが、そのお貞さんが中西に何の用があるというのだろうか。

もう寝ようかと思っていたところを呼び出されて、中西は機嫌が悪い。まずもって、自分の女と一緒でもないのに、こういうレストランにいるのはまったく時間の無駄と思えた。中西はオレンジジュースを片手に、弟の話を聞くともなしに聞いた。

「美納子をね、デビューさせたいと思うんだ。だから、一応、親の承諾を得ておこうと思って、ご足労ねがったってわけさ」

中西は耳を疑った。

「デビューって？　作詩でか？　作曲でか？　まさか、歌手じゃないだろう？」

中西は美納子の顔を思いうかべた。中西に似ていて、アイドル歌手に向くとは思えない。

「その全部さ」

礼三とお貞さんは顔を見合わせて笑っている。

当の美納子はいるのかと、中西は店内を見まわしてみたが、その姿は見当たらなかった。

「いま流行《はや》りのシンガーソングライターってわけか？」

「ま、形はそうだけど、中身はそんな甘いもんじゃないんだ」

礼三の言葉をついで、お貞さんが言う。

「私もね、最初に聴いたときは、こんなものレコードになるかなって思ったわよ。でもね、何回か聴いているうちに、私自身、彼女の歌の虜になってしまったのよ」

「聴いてみる？　兄さん。レコーディングしたテープがあるんだ」

「もう出来ているのか。早手廻しだな」

礼三とは家で毎日顔を合わせているのに、ここまで秘かに話を進めていたのかと思うと、むかっ腹が立った。一言ぐらい、相談があってしかるべきではないか。

店内は活気にさんざめいていたが、ヘッドフォンをつけると、嘘のような静寂に支配された。その静けさの中から、か細い歌声が伝わってくる。まぎれもなく、わが娘美納子の声であった。

しかし暗い。なんという暗くせつない歌だ。いつから美納子は、こんな暗礁《あんしょう》のようなものを心中に育ててきたのだろう。

美納子の心が神秘的に思えてきた。娘の心の中でどれほどのドラマが巻き起これば、こんな歌が生まれ出るのか。今の今まで、何も気づかずにいた自分がわびしい。

「ねっ、いい歌でしょう？『ぼくの失敗』というタイトルなの」

お貞さんは自信たっぷりな笑顔で言った。

「どうぞお好きなようにとしか言いようがない。しかし売れるのかね、こんな暗い歌が」

中西は娘の心の奥底を覗き込んだ動揺の中にいた。

「名前は、森谷王子《もりやおおじ》って、決めたんだ」

礼三はコースターにその名前を書いた。

「王子なんて、男の名前じゃないか」

「そこがいいのさ、男か女かわからなくて。女なのに、男名前で〝ぼく〟って歌う。独特の世界があって、いいと思うよ」

「そこで、も一つお父さんにお願いがあるの」

お貞さんは声を低めて、体を前へのり出す。

「森谷王子が、なかにし礼の姪《めい》ってことを当分は伏せておきたいの。なかにし礼は売れ過ぎちゃって、どこか体制的な匂いがするじゃない。ちょっと反体制的というか、非体制的な姿勢で、森谷王子をやってみたいのよ」

「要するに、俺の娘が中西美納子であることを、今日かぎり忘れろということだね」

「叔父さんの七光りで世に出たくないっていう美納子の希望もあるけど、そういう俗っぽいところじゃなくて、もっとアングラでマイナーなところから出発させたいんだ」

「しかし、この情報化時代に、そんなことできるのかね？」

中西は不思議だった。

「そこを乗り切るのが、このお貞さんの人徳と腕前さ。マスコミにも徹底的に協力してもらう」

「お父さんにお願いするのはこれだけ。とにかく売れるまで。それまでは、中西美納子は蒸発したと思っていてほしいの。で、売れたら、みんなで集って乾杯しましょう」

テーブルの上にある中西のオレンジジュースのグラスに、水割りのグラスを軽くあてて、お貞さんはにこやかに乾杯の仕草をした。オレンジジュースは氷が溶けて、濁った色に薄まっていた。

この夜、森谷王子のデビューが決まった。そして、森谷王子の謎が歩き始めた。昭和四十九年の秋も終わりの頃であった。

飯倉からのタクシーでの帰り道、中西の耳には、森谷王子の歌がからみついてはなれない。さっきヘッドフォンで一度聴いただけなのに。

あれは本当に娘の美納子なのだろうか。

あんな暗い歌がかつてこの世にあっただろうか。

悔恨の情としか思えないあの痛々しさ、あの悲しさ、あのやるせなさは一体どこから来たのだろう。

「ぼくの失敗」とは、たんに恋愛を歌った曲なのだろうか。

翔べないぼく
夢魔の時間

中西は、普段からあまり顔色を変えない美納子の、切れ長の眼を思いうかべた。あの眼で何かを見ていたのだ。

堕ちていくばかりの父親と、それに振り廻される家族がいた。墜落を恐れながら、みずから華々しくさらなる墜落を求める父。あるいは美納子は中西よりも、いや中西の背中越しに、戦争の興奮を見てしまったのかもしれない。そして、興奮から遅れてやってくる、傷と孤独。

それは美納子にとって、時代の儚さであり、自分の命の悲哀であったのではないだろうか。

10

中西は想い出す。血まみれの蠢めく肉の塊を。血まみれの口をぱくぱくさせて泣いていた、生まれたばかりの赤ん坊を。

……血といえば、こんなことがあった。

青森から東京へ出てきて大井町に住んでいた頃だ。

夏祭りの日、中西はめずらしく美納子を連れて夜店をひやかして歩いた。美納子はまだ五つだった。

綿菓子、ヨーヨー、天狗のお面、子供にとっては欲しいものばかりだ。が、あの頃の中西は貧しかった。子供にそんなものすら買ってやる余裕がなかった。

そろそろ帰ろうかという頃になって、このままではあまりに可哀そうだと思い、中西は美納子にアイスキャンディを買ってやった。

美納子はメロン色のアイスキャンディを選んだ。

うれしそうな顔。

箸の棒の先を握りしめて、美納子はアイスキャンディを舐めながら歩いていた。上の方から舐めていたアイスキャンディが半分ほどになった時だ。何かにつまづいて、美納子が前に倒れた。

中西は美納子の手を握っていなかった。ばったりと倒れた美納子はアイスキャンディを咬《くわ》えたまま、ぎゃあっと叫んで泣いた。メロン色のアイスキャンディが見る見る赤い血で染まっていく。箸が喉の奥に突き刺さったのだ。

中西は美納子をあわてて抱きおこし、ころがった下駄をさがして履かせてやった。

もうキャンディなんかいいから、急いでお家へ帰ろう。

美納子の手からアイスキャンディをもぎとり、そこらへ捨ててしまおうとした。だが、美納子はしっかりと箸を握って離さない。離さないどころか、口のまわりを血だらけにしてまだ舐め続けている。もうメロン色ではなくなった、血の色のアイスキャンディを。

傷の深さに美納子は泣く。泣きながら、血のアイスキャンディを舐める。二度と転ぶまいとするように、父親の手をしっかりと握りしめる。その手がいじらしくて、中西も泣いた。

あの日のアイスキャンディの血の味のからみついた甘さは、箸で突き刺した喉の奥の痛みとともに美納子の体の芯に残っていることだろう。

美納子の声はあの時、変わったのだろうか。俺が手を握ってさえいれば、美納子の血は流れなかっただろうか。美納子は俺の涙を見ただろうか。

……涙といえば。中西の追憶は飛躍する。

元旦の雑煮を食べながら、中西は泣いたことがあった。

「パパ、何泣いてるの？」

妻の房子が中西の顔をのぞき込む。

「こうしていても、あいつが可哀そうで可哀そうで、居ても立ってもいられないんだ」

「あいつって誰？」

「女さ」

「何が可哀そうなの？」

「俺がこうして家族に囲まれて正月を迎えている時に、あいつはたった一人、炬燵でテレビを見ながら雑煮を食べているかと思うと、可哀そうでたまらないんだ」

中西の目から涙がこぼれ出し、雑煮の椀に落ちた。

子供たちは目を瞠《みは》って、パパは気は確かなんだろうかという表情で中西を見ている。

中西は鼻水をすすりあげた。

「そんなに行きたけりゃ、行きなさいよ」

房子は箸を投げ出した。

子供たちは目を伏せ、肩をしゃくりあげながら雑煮をすすっている。

中西は立ちあがった。出かける仕度を始め、腕時計はどれにしようかと迷う。中西の服はすべて仕立物であった。洋服に合わせて、時計も靴もコートもかえる。背広は洋服ダンスに入り切らないほど持っている。

「出かけてもいいけど、うちにお金のないことだけはおぼえておいてね」

妻の声を背中に聞いた。中西はそのまま、女のアパートへと直行した。酒場で働く女にとって、正月ほど寂しい時はない。どんなに普段甘いことを言ってくれる男も、この時期ばかりは家族のそばへ帰ってしまう。男といっても所詮、客は客である。

中西だって、自分に実のあるところを女に見せたいという極端な見栄である。だが、さっき流した涙は本物だった。女への憐れみ。佗しい女への同情に傾いてしまう中西は、自分が父であることに煮えきらず、いつまでも葛藤しているようでもあった。

中西は女のアパートで褞袍《どてら》に着がえ、すっかりくつろいだ。炬燵に入り、テレビを見ながらミカンを食って、何日も家には帰らなかった。父のいない正月を淋しく過ごしている家族を思い出すことはなかった。まして泣くこともない。

だが、玄関のドアが叩かれる音がした。

「パパ、帰ってきて！」

「パパ、一緒に帰ろうよう！」

娘たちの声だ。どうしてここがわかったんだろうと中西は訝《いぶか》しんだが、思わずドアを開けていた。

真実子《まみこ》と美納子がべそをかきながら立っている。褞袍姿の父を呆然と見上げている。中西のうしろにいる女の姿も、娘たちの小さな視界の隅に入ったことだろう。長女が十二歳、美納子は八歳であった。

あわてて着換えをしている中西の背中に、

「じゃあね」

と女はしらじらしく明るい声で言ったが、それは中西の耳に「さようなら」と聞こえた。

廊下へ出ると、入口の方に、青白い光を放つ大きな眼で中西を睨《にら》む房子の姿があった。

帰り道、美納子は中西の手をしっかりと握っていた。もう二度と、どこにも行かせまいとするかのように。中西を父にしようとするかのように。

あの時、中西の褞袍姿は、幼い頃に見た悲しみの大きな影となって、美納子の瞼の底に沈んでいるに違いない。

なんという父親だろうと、中西は深い自己嫌悪に陥った。だがそれも、ほんのわずかの間だった。すぐにまた新しい女ができて、その女と別れては、また新しい女のもとへ向かった。

なんで、家族なんてものがあるのだ？

俺が天涯孤独の身であったら、どんなに気軽だろう。そんな詮無いことを中西は本気で考えたりした。

11

死んだ父のかわりに、中西が働いて一家を養った。

だが、中西の稼ぎは波が激しかった。

生活の節目節目になると、かならず金がなかった。子供たちの入学式、夏休み、正月、夏祭り、修学旅行、卒業式、一度も満足な思いをさせたことがない。

弟の礼三も、高校まではなんとか卒業させた。これとて、弟が奨学金をもらったことでかなり助かった。が、大学には残念ながら、自分の金で入れてやれなかった。

父が生きていれば、もっといい思いをさせてやれただろうに……。中西は自分を蔑《さげす》んだ。中西の心に、父への憧憬と劣等感がさらに積もっていった。

礼三は、喫茶店のボーイをやったり、外国の歌を日本語に訳詩したりして、学資を稼ぎ出し、執念深く、ついに八年がかりで大学を卒業した。中西と同じR大学を。

その弟が、猛烈な勢いで売り出してきた。

なかにし礼というペンネームで歌謡曲の作詩を始め、書く歌書く歌がヒットするという、奇跡のような出来事が起こった。

中西の家全体が急に豊かになった。贅沢三昧をしても遣いきれないような金を、なかにし礼はペンの先から生み出した。

昭和四十三年、三十歳になったばかりの時、礼三は東京の中野のはずれに床面積百十坪という大きな家を建てた。

それは礼三の屋敷というより、中西家の屋敷であった。礼三は母と中西の家族をそこへ迎え入れた。

思えば、あの頃が、戦後で一番楽しかった。

なかにし礼の仕事は飛ぶ鳥を落とす勢いであり、客はひっきりなしに訪れた。

それを接待する書生たちがいた。家族たちは穏やかに暮らしていた。家の中に笑いの絶える日はなかった。

正月には全員そろってお屠蘇《とそ》を舐め、五月の節句には大きな鯉のぼりを上げた。

だが、中西には忘れられない一日がある。

ある日、弟の礼三が言った。

「兄さん、ぼくがこんなに売れたってことは、中西の家にとってまったく僥倖《ぎょうこう》みたいなことなんだからさ、もう事業を止めてほしいんだ。このままでは、兄さんの事業の失敗が僕を浸食してくる気がする。兄さんに事業家の才能があるとは思えないし、これからは毎日ゴルフでもやって、のんびり暮らしてよ」

中西は、はっきりと自尊心を逆撫《さかな》でされた。

「お前、俺に隠居しろと言うのか？　俺はまだ四十四だぞ」

「むかしから大店《おおだな》の主人《あるじ》は息子に言うそうじゃないか。頼むから遊んでいてくれ。仕事と博奕だけはしないでくれって」

「俺はおまえの息子なのか？」

「そうみたいなもんさ」

「俺にバカ旦那みたいに生きろと言うのか?」

「いいじゃないか。それで兄さんが困ることがある?」

「この若さでぶらぶら遊んでられるか。もし、そうしたとしてもだ。あいつは弟の稼ぎで暮らしてやがるんだと噂されたら、男子一生の恥辱だ」

「そうかなあ。理想の生活だと思うけどなあ」

「おまえとは人生観が違いすぎる」

金を稼がないと、弟にまでこんなに馬鹿にされるのか。中西は悔し涙をこらえた。父の顔がちらと眼に浮かぶ。

「礼三、親父は偉かったけどな、しかし、無一文からあそこまでになったわけじゃないんだ。ちゃんとした資本を持って、小樽から、満洲という特殊な場所へ渡ったんだからな」

「父さんと兄さんじゃ、商才も根性も違うよ」

「俺にだって事業家の才能はある。今までいくつも会社をつぶしたけど、それはすべて、資金がなかったからだ。俺だって、資金さえあれば……」

「一体何を始めるのさ。お金を儲けてどうするつもりなの？」

「金がすべての世の中じゃないか」

「もともと、兄さんは映画監督になりたかったんだろう？」

「礼三、お前が資金を提供してくれたら、絶対に俺は事業で成功する。親父以上になってみせる」

弟を説得し、建設会社をつくり、事業に乗り出した。中西は血気盛んに乗り出すのだが、しだいに仕事から逸《そ》れていくのが毎度のことだった。

女が次々と現われ、次々と消えていく。いま売れっ子の、なかにし礼を保証人にした借金が、雪だるまのようにごろごろと転がって膨らんでいく。

事業が生み出す莫大な借金を、作詩家のペン一本で支えることはとてもできない。会社は倒産し、なかにし礼の名前は汚れ、そればかりか、建ててまだ四年しか住んでいない家をも追われる身になってしまった。

中野のはずれの家で、美納子はギターをおぼえ、ピアノもいつの間にか弾けるようになっていた。

礼三は、長女よりも美納子の方と波長が合うらしく、何かにつけて可愛がった。美納子に肩を揉まれながら、歌を書くとはどういうことか、自分なりの秘密を話して聞かせていた。

ほんのわずかな年月の、平穏な暮らしだった。

中西家は夜逃げ同然の引っ越しをした。さながら落城劇だった。美納子は自分の父親が果たした役割をしっかりと見ていたに違いない。家が崩壊していく混乱の中で、美納子は恋人のもとへ走っていった。男と同棲を始めた。もう、父親なんて男は、この世に存在しなくていいとでもいうように。

12

堕落するだけの僕
君は驚いたことだろう
元気でやってるかい
でも恐い記憶がよみがえる

森谷王子の歌声が聞こえてくる。星のない漆黒の空から降ってくる。
中西は、空の高みから、美納子にじっと見下ろされている気がして、身をすくめた。
「このインチキ野郎！　失敗しかできない厄介者！　さっさとくたばっちま

え！」

暗い空の高みにいる美納子に聞こえるように、中西は声を張り上げて自分自身を罵倒した。その声で目を覚ました。

中西はホテルのベッドの上にいた。飛行機が墜落する夢を見なかったのは、久しぶりかもしれない。

朝日を求めて窓辺へ行き、カーテンを開ける。しかし中西の眼には、昨日と代わり映えのしない退屈な光景が映る。中西は呆然として、さっきまで見ていた夢を反芻しはじめる。

俺が墜落した空よりも、美納子の暗い空は高いところにあったらしい。遅かれ早かれ墜落する俺に、森谷王子の声が、打ち捨てられた星屑のように降り注いできたのだ。

なあ、礼三。たしかに俺は、あのまま堕ちて死んだほうが、華々しくてよかったのかもしれないな。

なあ、美納子。おまえは夢の中で、俺を戦争の記憶から引きずり出したのか。

空の虚無から、血の吹き溜まりから、俺を逃がしてくれるのか。それは俺を裁くためか。俺を救うためか。

救われないよ。俺がいくら自分の成功を信じたとて、呪われたように俺は失敗を続ける。俺の失敗を、おまえたちが確信している。森谷王子の歌のとおりじゃないか。おまえが予言するとおりだ。あれは恋愛の歌じゃないよな。家族の歌でも、学生運動の歌でもない。「ぼくの失敗」というのは、俺の失敗のことだろう。娘に刺されるなら本望だ。戦争に殺されるよりよっぽどましじゃないか。おまえに血のアイスキャンディを舐めさせたのは俺だ。俺が手をつながなかったから。おまえに出会ったとき、俺はすでに、誰とも手をつなげない人間になっていた。それは俺のせいなのか？　だが、娘のおまえにとって、俺はまったく悪かった。悪かったんだ、俺が。

俺の喉に箸を突き立ててくれ。あの日、おまえの声を変えてしまったメロン色のアイスキャンディのように、俺の喉を血まみれにしてくれ。おまえの血を、もっと早く舐めてやればよかった。おまえが血を流す前に、おまえの血に触れてやればよかった。

もう遅いのか。

たとえば俺が死んだら、死に損ないの人間がやっと死ねたと祝ってくれ。歯車の狂った人生が、やっと終わったと笑ってくれ。

中西は、ベッドに戻る。

暗い歓喜に打ち震えて、中西は、ふたたび墜落しようとするのだった。

『血の歌』について

中西康夫

本書の成り立ちについて、なかにし礼の息子の立場からひとことご説明いたします。『血の歌』の原稿は、二〇二一年の夏、母・中西由利子が別荘で父の遺品を整理していた際に、父の机の引き出しから発見しました。四百字詰め原稿用紙六十枚、鉛筆で書かれています。執筆年次は一九九五年と推定され、父の代表作『兄弟』の習作として書かれたものと思われます。短篇ではありますが、父の兄と、その子である「謎の歌手」との葛藤に満ちた関係が時代背景とともに濃密に描かれていて、これは発表に値する作品ではないかと考えた母と私は、父が長年おつき合いいただいた『サンデー毎日』編集部にご相談しました。そして、父の没後一年を記念して、作品の一部を『サンデー毎日』二〇二一年十二月二十六日号と二〇二二年一月二日・九日合併号に掲載、その後、作品全体を本書として単行本化していただくことになりました。

父は書き溜めということを一切しませんでした。発注があってから頭の中で構想を練って物語を考え続け、考えがまとまったら一気に書く。原稿の原本を取っておくこともしません。その父がなぜこの作品だけをすぐに見つかるようなところに置いておいたのか。長年父と接して来た身として、これからその意味を考えていきたいと思います。

読者の皆様が、父の作家としての出立の時期に書かれた『血の歌』をお読みくださり、なかにし礼とその時代を追想していただけますならば望外の幸せです。

（音楽プロデューサー）

なかにし礼
なかにし・れい

一九三八年中国黒龍江省（旧満洲）牡丹江市生まれ。立教大学文学部仏文科卒業。在学中よりシャンソンの訳詩を手がけ、その後、作詩家として活躍。日本レコード大賞、日本作詩大賞ほか多くの音楽賞を受賞する。二〇〇〇年『長崎ぶらぶら節』で直木賞受賞。著書に『兄弟』『赤い月』『天皇と日本国憲法』『平和の申し子たちへ』『生きるということ』『夜の歌』『愛は魂の奇蹟的行為である』『遺言歌』など多数。音盤に『なかにし礼と12人の女優たち』『なかにし礼と75人の名歌手たち』『昭和レジェンド美空ひばりと石原裕次郎・なかにし礼』などがある。二〇一二年三月、食道がんであることを発表。先進医療の陽子線治療を選択し、がんを克服して仕事復帰。二〇一五年三月、がんの再発を明かして治療を開始。一〇月、完全奏功の診断を受けたことを公表した。『サンデー毎日』連載小説・エッセイなど重要な「晩年の作品」を生み出した後、二〇二〇年一二月、心筋梗塞のため死去。

血《ち》の歌《うた》

二〇二一年一二月一五日　印刷
二〇二一年一二月二五日　発行

著者　なかにし礼《れい》
発行人　小島明日奈
発行所　毎日新聞出版
〒一〇二-〇〇七四 東京都千代田区九段南一-六-一七 千代田会館五階
電話 営業本部〇三-六二六五-六九四一
図書第二編集部〇三-六二六五-六七四六
ブックデザイン　鈴木成一デザイン室
印刷・製本　中央精版

©Nakanishi Yuriko 2021, Printed in Japan

ISBN978-4-620-32719-8

乱丁・落丁本はお取り替えします。
本書のコピー、スキャン、デジタル化等の無断複製は
著作権法上の例外を除き禁じられています。